尾巴的故事

Robbut: A Tale of Tails

［美］罗伯特·罗素◎著　海外双语妈咪◎译

中国妇女出版社

图书在版编目（CIP）数据

尾巴的故事 /（美）罗伯特·罗素（Robert Lawson）著；海外双语妈咪译. -- 北京：中国妇女出版社，2016.7（2024.3重印）

ISBN 978-7-5127-1298-0

Ⅰ.①尾… Ⅱ.①罗… ②海… Ⅲ.①童话—美国—现代 Ⅳ.①I712.88

中国版本图书馆CIP数据核字（2016）第116978号

尾巴的故事

作　　者：〔美〕罗伯特·罗素　著　海外双语妈咪　译
责任编辑：宋文
插图上色：金葆工作室
封面设计：尚世视觉
责任印制：李志国
出版发行：中国妇女出版社
地　　址：北京市东城区史家胡同甲24号　　邮政编码：100010
电　　话：（010）65133160（发行部）　65133161（邮购）
经　　销：各地新华书店
印　　刷：天津旭丰源印刷有限公司
开　　本：185×260　1/16
印　　张：7
字　　数：50千字
版　　次：2016年7月第1版
印　　次：2024年3月第2次
书　　号：ISBN 978-7-5127-1298-0
定　　价：59.80元

序

葛翠琳
著名儿童文学作家
冰心奖评委会副主席兼秘书长

你知道罗伯特·罗素吗？他可是现代儿童文学史上著名的作家，曾荣获“纽伯瑞儿童文学奖”“凯迪克奖”两项国际大奖。

这里简略介绍他的作品：

罗伯特·罗素作品集是浪漫主义色彩浓厚而又充满人文情怀的优秀读物。罗伯特总是从独特的视角，将人与动物之间的故事，阐述得妙趣横生、十分精彩，令读者久久难以忘怀。

例如，哥伦布发现新大陆已是世人皆知的故事，但罗伯特在《我发现哥伦布了》一书中，却把著名航海家哥伦布描写成“晕船上将”，趣事连连，并借鹦鹉的口尽情嘲笑讥讽殖民者。在《利维尔和我》中，笑称英国皇家士兵是“红虾兵”。在《基德船长的猫》中，老猫麦克见证了威廉·基德沦为英国皇室与议会政治斗争牺牲品的全过程，全书充满了怜惜之情。

罗伯特善于在作品中颂扬劳动人民的优秀品质，如勤劳、善良、勇敢、纯朴等，每一个细节都给人留下了深刻的印象。在《兔子坡》中，新人家辛勤地劳作，克服种种困难，在丰足的收获过程中让自己和小动物们都感受到快乐和温馨。在《艰难的冬季》一书里，小兔乔奇不仅照料生病的父亲，还尽力帮助好友渡过了难关。

《尾巴的故事》则告诉孩子们不要自卑，世上万物皆有各自的特点和长处，适合自己的就是最好的，不必盲目地追求像别人一样。在《本和我》中，又特别强调了脚踏实地、坚持自我的重要性。这些富有哲理的启示，让读者深受感动。

罗伯特运用幽默、生动的语言塑造性格鲜明的人物，寓意深刻，构思奇特，作品不仅歌颂了人类的美好品德，也讽刺了贪婪自私的丑恶行径。

罗伯特的作品必将吸引、感动广大的中国读者，并成为孩子们成长路上的伙伴。

还有，这套精美的书会让大家在阅读过程中，不仅能享受文字的精彩，还会欣赏到美妙生动的画面和形象，使你仿佛身临其境，一起经历书中的一切。而这些感人传神的插图，也是作者本人完成的，令人忍不住惊叹！

从某种意义上说，认真阅读罗伯特·罗素作品的人，真是幸运儿呢！

关于作者

1892年10月4日，罗伯特·罗素在纽约出生，于新泽西的蒙特克莱尔度过童年。罗素从高中起，便对艺术产生了浓厚的兴趣，并决定高中毕业后去纽约美术与应用艺术学院，即现在的帕森斯设计学院学习插画。

毕业后，罗素作为商业艺术家工作了很多年。1914年，罗素的插画作品发表在《哈珀周刊》上。这是他的作品第一次公开发表，为他以后多产和卓越的艺术生涯奠定了基础。1931年，美国蚀刻师协会将泰勒·阿姆斯奖颁给了他，以表彰他在蚀刻方面做出的卓越贡献。

第一次世界大战服役结束后，罗素开始为儿童图书绘制插图，其中包括罗曼·里夫的古典文学作品《费迪南德的故事》，理查德和佛洛伦斯·艾特瓦特的《波普先生的企鹅》。后来，罗素不再满足于为他人的图书绘制插图，开始了自己的文学创作。罗素想象力丰富，提出通过一只动物小伙伴的视角，讲述本杰明·富兰克林发明编年史的创意。1939年，他用这个创意写出了人生第一部作品《本和我》，并绘制了插图。

1941年，罗素被授予了儿童绘本图书的最高奖项——凯迪克奖，获奖作品是《他们坚强而善良》。该书用简单的话语和生动的插图，向读者描绘了一个美国家庭在历史的变迁中所经历的故事。同年，他还出版了以鹦鹉为主人公，讲述航海家哥伦布发现新大陆过程的《我发现哥伦布了》一书，同样获得了好评。

1945年，罗素获得了纽伯瑞儿童文学奖，获奖作品是《兔子坡》。这个奖项主要表彰对儿童文学做出卓越贡献的人。《兔子坡》的灵感来自罗素家乡一个名叫“兔子坡”的地方，描绘了一个人与动物和谐相处的美好故事。获奖之后，罗素还将自己位于康涅狄格州的家命名为“兔子坡”。

罗素是第一个也是至今唯一一个既被授予“凯迪克奖”又获得过“纽伯瑞儿童文学奖”的人。因为在他的作品中，他既是作家又是插画家，他所有图书都带有自己绘制的插图。

在这之后，罗素又陆续创作出《尾巴的故事》《麦克维尼先生的旅行》《利维尔和我》《艰难的冬季》《基德船长的猫》。1957年，罗伯特·罗素在美国康涅狄格州韦斯特波特的家中辞世，享年66岁。他留下来的文学瑰宝不断地激励着教育工作者、作家和艺术家，并使不同年龄段的孩子为之着迷。《纽约时报》曾对罗素评价道：“罗伯特·罗素给所有年龄段的孩子，创造了一个充满新鲜、活力和奇思妙想的世界。”

关于纽伯瑞儿童文学奖

为纪念儿童文学创始人约翰·纽伯瑞，1921年，美国出版人弗雷德里克·梅尔彻向美国图书馆协会提出设立一个奖励儿童图书和作者的奖项——纽伯瑞儿童文学奖。美国图书馆协会批准了梅尔彻的提议，并于1922年，由美国图书馆协会分支机构——儿童服务分会颁发了第一届纽伯瑞儿童文学奖。第一届获奖者是荷兰裔美国作家亨德里克·威廉·房龙，获奖作品是《人类的故事》。

纽伯瑞儿童文学奖是世界上第一个专为儿童图书设立的奖项，旨在鼓励儿童图书作者的创作，向读者宣传儿童文学的地位，以及为更多的儿童文学作家提供创作机会。该奖涉及的作品内容十分广泛，无论是小说、诗歌，还是其他文学体裁，都可以参与竞争纽伯瑞儿童文学奖。但它也有一些条件限制，例如作品必须是英文原创，作者必须是美国公民或居民，图书内容必须能够被14岁以下儿童理解等。

纵观历年来获得纽伯瑞儿童文学奖的作品，这些图书都具有十分高的文学造诣和教育内涵，更广被儿童接纳和喜爱。1945年，纽伯瑞儿童文学奖颁给了罗伯特·罗素的《兔子坡》，以赞扬罗素在书中宣扬的友爱精神，肯定了他所倡导的人类应与动物和谐相处这一观点。自此，《兔子坡》成为一本经久不衰的畅销童书，影响了一代又一代儿童的成长。

关于凯迪克奖

1937年，提出创立纽伯瑞儿童文学奖的美国出版人弗雷德里克·梅尔彻，又向美国图书馆协会提出设立一个表彰儿童绘本图书作家的奖项。因为儿童图书有其特殊性，除了生动有趣的文字外，有很多图书还采用了大量的图画，甚至以图画为主来表述一个故事，所以应该给这些优秀的儿童绘本作者设立一个专门的奖项。美国图书馆协会同意了这个提议，并为纪念19世纪英国伟大的绘本插画家伦道夫·凯迪克，将这个奖项命名为“凯迪克”。

凯迪克奖是美国最具权威性的绘本奖，它看重作品的艺术价值和独特创意。每年，美国图书馆协会邀请教育学者、专业人士和图书馆员，组成评审委员会，从上一年度出版的数万本儿童图画书中，评出获得凯迪克奖的作品。凯迪克奖同样要求作者必须是美国公民或居民，其作品必须是原创等。当作品是由几位艺术家共同创作时，几个人共同获奖，并且艺术家不必参与故事内容的创作。

凯迪克奖肯定了儿童绘本的艺术价值，是家长与图书馆为儿童选书的最佳指南。历年的获奖作品都有着独特创意和艺术层次，能够给儿童带来不一样的艺术感受，激发了儿童的想象力。1941年，凯迪克奖颁给了罗伯特·罗素的《他们坚强而善良》。该书用家族相册的形式，向孩子们讲述了一个美国家庭在历史的变迁下所经历的故事。书中的图画层次鲜明，细节处理非常到位，人物形象生动有趣、贴近现实生活，为儿童理解故事内容提供了很大的帮助。

目录
Contents

1
妒火中烧，短尾巴让他心生烦恼

萝卜兔近来非常非常不开心，平日里萝卜兔可是很少这样的。他还是一只年轻的兔子呢，就算有什么不开心的事儿，也没什么大不了的，一会儿就抛到脑后去啦！不过如今，他可是对自己的尾巴越来越深恶痛绝了，他觉得自己再也无法忍受了，一分钟也不行！

伸啊伸，他竭尽全力伸长自己的脖子；扭啊扭，他费尽九牛二虎之力往后转自己的小脑袋，即使如此也才勉勉强强瞅到那么一丁点儿尾巴尖儿。

唉，这不争气的尾巴真是短得可怜呀！

“瞧瞧我这条尾巴，”萝卜兔不禁噘起小嘴喃喃自语，“只不过是一小撮又旧又丑的烂棉花团，可怜巴巴的，什么也算不上。还不如洋娃娃的小粉扑呢，有什么好的？我能用它来做什么呢？唉，什么都做不了，一点儿用处都没有！”

萝卜兔的小脑袋在不断地回想。他想起猫咪小姐的尾巴，当猫咪小姐感到愤怒或激动的时候，她是如何耀武扬威地来回摇摆她的尾巴；当她感到满心欢喜的时候，又是如何将自己的尾巴翘得又直又高，别提有多神气了！萝卜兔想得越多，就越垂头丧气，觉得自己的尾巴实在太糟糕了。

他又想起奶牛大婶的尾巴来了，那真是一个可以驱蝇灭蚊的好东西啊，多完美无缺！

还有啊，松鼠小弟那毛茸茸的大尾巴就跟一顶大斗篷一样，可以用来遮风挡雨，不论什么雨雪天气都不怕。在寒冷的夜晚，这个大尾巴还可以用来当作棉被，裹住自己的小脚丫和鼻子来取暖。

再有啊，虽然负鼠妈妈的尾巴的确谈不上漂亮，但好处可不少！你看啊，她可以将自己用尾巴倒吊在树枝上荡秋千，想荡多久就荡多久。她的小负鼠宝宝们争先恐后地爬到妈妈的背上，再把自己的小尾巴往妈妈粗壮的大尾巴上那么一缠，接着就可以挂在上面，和妈妈一起安安全全、快快乐乐地荡秋千啦！嗯，没错儿，他们的尾巴真是作用巨大，让人不住称赞呢！

“可我的尾巴有什么用呢？”萝卜兔嘟嘟囔囔道，“就像一小撮烂棉花团，毫无用处！”

有些动物的尾巴看上去赏心悦目，甚至可以说让人引以为豪！萝卜兔想起鼬鼠小妹的尾巴，蓬松浓密，毛色油黑发亮，上面还嵌有耀眼夺目的白色条纹。每当微风吹过，她尾巴上的毛就像波浪一样高低起伏，摇曳生姿。萝卜兔又想到雉鸟的尾巴，优雅飘逸，五彩缤纷，很是惹人喜爱。当想起红狐狸兄弟的尾巴时，萝卜兔更加灰心丧气了，心里别提有多羡慕，不，说嫉妒才更贴切！

红狐狸兄弟这样的尾巴，才称得上一条真正的尾巴呀！因为它够长、够大，几乎能够把红狐狸兄弟的整个身体围起来！这条大尾巴既厚实又浓密，皮毛油亮，特别漂亮！不仅如此，它的作用也多着呢！在冬夜的严寒中，红狐狸兄弟就可以用尾巴当棉被，裹住自己的爪子和鼻子，要多暖和就多暖和！

萝卜兔不想再看自己那条没什么用的小尾巴了。他转回自己的小脑袋，厌烦地抓了抓耳朵，心不在焉地继续往前走。

萝卜兔顺着陡峭的山坡往前走，不知不觉间，他看到一片茂密的灌木丛，两旁长满了松树。灌木丛生长得十分茂盛，走在其中就像走在一堆密密麻麻笔直竖立着的刷子一样让人难以通行，稍不留神就会扎到萝卜兔的小尾巴。但若想离开这条狭窄的山路，萝卜兔不得不穿越这片充满危险的灌木丛。想到这里，他心里就更加愤愤不平了。萝卜兔知道，这条山路上还有个陷阱，他必须小心翼翼地绕开才好。这个陷阱，其他动物全都知道，每每经过时大家也都会小心翼翼地绕道而行。到目前为止，虽然还没有一个动物掉到陷阱里去，但这个陷阱还真是个“讨厌鬼”。

就在萝卜兔战战兢兢地撅着自己的小尾巴，在枝繁叶茂的灌木丛中艰难穿行时，他突然听到一阵巨大的金属撞击声。萝卜兔立刻意识到，一定有谁掉到那个讨人嫌的陷阱里去了。“看来肯定是位陌生人吧，我最好还是过去看看！”他边想，边慢慢挪动身子，往声音传来的方向走去。

靠近一看，萝卜兔才明白并非什么动物落入陷阱，而是一位半米高的小矮人落入了陷阱。即使萝卜兔站直了身子，矮人的身高也差不多是他的两倍呢！此刻，小矮人看上去又急又气，十分焦躁。

陷阱是一个相当大的笼子，用钢铁板和金属丝制作而成。因为是用来活捉动物的，所以掉进去也不会造成什么伤害。这个陷阱是住在山上的小男孩布置的，但是因为从未捉到过什么动物，小男孩便渐渐不再关心笼子了，几乎都不怎么过来看。小矮人到底已经困在这个笼子里有多久了，这个就不得而知了。或许已经有相当长的一段时间了，因为小矮人看上去不仅瘦兮兮的，而且蓬头垢面，还显得非常不安。

小矮人是位老爷爷，头顶已经光秃秃的了，只剩下一小圈灰白的头发，脸上还长着灰白的胡须。他上身穿着一件带铜纽扣的土里土气的蓝绿色外套，腿上穿着一条长度齐膝的裤子，脚上蹬着一双银色搭扣的方头鞋。

萝卜兔老早就曾听过有位小矮人爷爷住在山上什么地方，心想大概就是眼前这位了。不过这是他第一次见到老爷爷，于是小心谨慎地跳到笼子边上，然后彬彬有礼地问道："老爷爷，有什么我能为您效劳的吗？"

"这还用问吗，明摆着的事情！"小矮人声色俱厉地说，"如果你真够聪明能干的话，完全可以将我从这个讨厌的地方解救出去呀！但是，你有这么聪明能干吗？我对此十分怀疑。兔子哪会有这么高的智慧呀！我认识你爷爷——他是有那么一点儿聪明劲儿的；我认识你爸爸——他的聪明才智已少了很多，和你爷爷不可同日而语；现在轮到你——聪明才智可能更是少得可怜了。就那么一点儿聪明劲儿还要一分为二，再分为三，轮到你就所剩无几了吧，不是吗？"

萝卜兔承认自己既不聪明也不能干，但他还是希望能够想到办法将笼子打开。他对着笼子拳打脚踢，还将它撞得砰砰作响，但令人遗憾的是笼子始终纹丝不动。

"你看看你啊，孩子！"几分钟后，小矮人看不下去了，对萝卜兔说，"快别将你的小脑袋当锤子使了，还是用它来好好开动开动脑筋吧！现在，你瞧见这根横着的粗钢条了吧？来试着将它扳到笼子的最上边，那样笼子的门就会被打开，我就可以出来了。"

听小矮人这么一说，萝卜兔便开始屏住呼吸，专注地用力扳动钢条。他先用前爪将钢条往上抬起一点儿，然后用自己的鼻子在下面抵住并希望将它抬得更高些。但是，粗重的钢条根本不听使唤，一会儿就滑落下来了。

小矮人爷爷无可奈何地叹气道："哎呀，你怎么会这么笨手笨脚的呀！算啦，你还是去帮我找一根树枝来吧。"萝卜兔言听计从，立即去找了根树枝递给小矮人。接下来，每当萝卜兔用前爪将好重好重的钢条往上抬高一点儿，小矮人爷爷就从笼子中伸出手，用树枝将钢条抵住。过了一会儿，眼看着钢条就要到笼子最顶端了，就在这个关键的时刻意外发生了——树枝突然折断，沉重的钢条迅速落下，重重地砸到萝卜兔的爪子上。

"哎哟！"一时间萝卜兔疼痛难忍，边失声大喊，边揉着自己的爪子，"要是我能有负鼠的尾巴就好啦！那样我就可以坐在笼子最顶上，然后将我的尾巴伸下来绕住钢条往上拉了。要多简单就有多简单！"

"不过，你没有负鼠的尾巴，而且也不可能有啊！"小矮人有些恼羞成怒，"快给我再找一根树枝来——要粗壮结实些的！"

萝卜兔找来了一根粗树枝，递给小矮人，然后再次奋战起来。只见他使尽全身力气对着钢条一通推、拉、顶、拽，重重的钢条马上就要抬到笼子顶端了，说时迟那时快，萝卜兔以迅雷不及掩耳之势猛地调转身子，再使出浑身力气飞起一脚，对准钢条来了一记重踢。嘿，要知道萝卜兔踢东西可真是名不虚传的哦！果然，功夫不负有心人，钢条被高高踢到了笼子的最上方，门随即打开，小矮人走出笼子获救啦！

小矮人边掸掸手上的灰尘，边如释重负地说道：“好啦，终于自由啦！这该死的笼子真是害死人了。我早该知道这个陷阱的，像我这么大年纪的人，居然呆头呆脑地落进这么一个危险的陷阱里边，真是个笑话！不过，我在里边倒是好好研究了一下这笼子究竟是怎么囚住人的，所以我最终才能发现开关笼子的诀窍，得以成功逃脱。”

“先生，你在笼子里已经待了很久吗？”萝卜兔好奇地问。

“有差不多两天的时间吧，”小矮人回答，“整整两天三夜，既没吃的也没喝的，而且还没有烟抽。快跟我来吧，我都

快饿死啦！”

小矮人火速飞奔进灌木丛，再健步如飞地往山上蹿去，快得让萝卜兔都差点儿赶不上了。当他们到达松树林边的一棵大树前时，小矮人停下脚步，小心翼翼地东张西望了一番。然

后，小矮人抓起树根之间的一块其貌不扬的松散树皮，再推了一推。出乎意料的是，这竟是一扇隐藏得十分巧妙的小门。当小门打开的时候，一截短短的台阶显现在他们眼前。

小矮人急急忙忙地走下台阶，扭过脑袋冲着萝卜兔喊道："把你的脚擦上一擦再进来，别忘了关门上锁。快点儿啊，我已经饿得头晕眼花啦！"

2

喜从天降，拥有妙不可言猫咪尾巴

等到萝卜兔仔仔细细地擦干净自己的脚，锁上门走下台阶，小矮人已经生好了炉火，忙着翻箱倒柜呢！他拿出一碗草莓、六枚鸡蛋、几片培根，还有咖啡、黄油、奶油、饼干、糖，以及其他一些东西，足够做一顿营养丰富、美味可口的早餐了。最后，小矮人还找来了一堆胡萝卜，将它们一并扔给萝卜兔。

“我想就早餐而言，或许你更爱吃胡萝卜，”小矮人咯咯地笑着说，“不过我更喜欢自己动手做些营养丰盛的早餐。”边说着，他边往已热得嗞嗞作响的平底锅里一连打了五枚鸡蛋，并铺上六片培根。

因为小矮人特地为自己找出胡萝卜当早餐，萝卜兔先是非常礼貌地对小矮人爷爷表示感谢，然后津津有味地啃起一根胡萝卜来。他一边吃着自己的早餐，一边环顾四周，打量起小矮人的家来。毋庸置疑，这个地方让人感觉很舒服，比他待过的任何一个兔子洞都宽敞了许多，屋里的布置也比兔子洞里的强多了。房间里还有很多把舒适的椅子、一张连着树根的床、几张餐桌和一张书桌。此外，还有数不尽的箱子、衣柜、橱柜和架子，里面放满了书、瓷器、食品以及各种各样看上去趣味十足的小玩意儿。因为烟囱是直接通向大树树干中的一个洞的，所以从外面看不到这里冒出的烟，也难以察觉有人住在里边。挂有小窗帘的窗户，都隐蔽地开在树根和树桩的缝隙里面，在外面也难以发现。萝卜兔以前曾经有很多次从这附近走过，可他做梦都没有想到，竟然会有人住在这棵树的下面。

小矮人现在正忙着吃早饭呢，没空儿说话，于是萝卜兔也开始慢慢啃着胡萝卜，彬彬有礼地等着小矮人吃完。不一会儿工夫，鸡蛋、培根、饼干和草莓都被小矮人狼吞虎咽地吃完了。小矮人心满意足地打着饱嗝，又松了松他的裤腰带，然后就坐到沙发上，开始享用起他的第三杯咖啡来。他将烟斗装满了烟丝并点燃，深吸一口后再长长地呼出一大口烟雾。接着，他冲着萝卜兔友善地微笑起来。

“好吧，小伙子，”小矮人发话了，“你将我救出了陷阱，这件事做得真的非常棒——对于一只兔子而言你已经做得相当不错了。显而易见，作为一只兔子，你既乐于助人，又聪明过人。我对你感激涕零，要向你致以万分的谢意。欠你的这个大大的人情，我很乐意做一些事情来作为回报。要知道，我从来不想欠谁的人情，但今天你确实救了我。现在，萝卜兔，请告诉我，有什么我能为你效劳的吗？”

“哦，我不知道，”萝卜兔不知所措地回答，“我——我想我就再吃上一根胡萝卜吧！”

小矮人扔给萝卜兔一根胡萝卜，随后有些生气地对萝卜兔说：“哼！一根胡萝卜！你认为我的命就值那么一根胡萝卜吗？你救了我的命，我让你说一个你想要达成的愿望，好给我机会帮你实现它，可你居然说只要一根胡萝卜！太笨头笨脑了——即便你只是一只兔子，也不该蠢到如此地步——这简直就是对我的莫大侮辱！越想越好笑，你要的竟然只是一根胡萝卜！”

“噢，天哪，我并没有那个意思呀，”萝卜兔连忙喊出了声，“我吃东西的时候，压根儿什么也想不出来。”

“好吧，那你再好好想想吧！”小矮人的语气变得温和亲切了许多，“在这个世界上，什么是你最最想得到的？”

萝卜兔边啃着胡萝卜，边左思右想起来。有那么一会儿他什么也想不出来，突然间，他想起自己的尾巴来了。

“那么，”萝卜兔有些犹豫不决地说，“现在我能想到的唯一一件事，也是我朝思暮想的一件事——盼着自己能有一条新的尾巴。不过，毫无疑问，你是没法子给我换条新尾巴的。”

“你以为我真实现不了吗？”小矮人有些不以为然地回应道，“但是我得先问问，你现在的尾巴到底怎么啦？在我看来，你现在的兔子尾巴看上去不是好端端的吗——要知道，你就是一只兔子呀！”

“嗯，那只是一小撮破毛毛，”萝卜兔羞羞答答地回答，“我的短尾巴只不过是一小团烂棉花而已，根本派不上什么用场。”

“你的尾巴不是可以来来回回地摇晃吗！”小矮人说。

“没错——是能晃动一点点，”萝卜兔承认道，但仍旧感到闷闷不乐，“不过，我的短尾巴根本就不能神气十足地摇摆起来，所以实在派不上什么大用场。”接下来，他向小矮人津津乐道起其他动物令人羡慕的尾巴来：“其他动物都能用自己的尾巴做上许多让人称赞而且令自己获益的事情来呢！比如有些朋友些尾巴可以驱蝇灭蚊、遮雪挡雨、保温取暖，或是用来荡秋千等，甚至有的朋友还能神气活现地用自己的尾巴来表达他们的喜怒哀乐呢！他们的尾巴有如此多的好处！而且还有一些尾巴看上去是那样婀娜多姿、漂漂亮亮！可我的尾巴呢，顶多只能当个小小的垫子让我坐在上面而已。”萝卜兔越说越觉

得自己的尾巴简直无可救药了。

小矮人聚精会神地听完萝卜兔的絮叨，抽了口烟斗，然后开始苦思冥想了一番。

“那这样吧，”他最后说道，“你的想法的确很难办到。实不相瞒，如果换成其他人，我都不理会他。但如果是你想要一条新的尾巴的话，我倒是可以考虑帮这个忙。这事儿就这么定了。告诉我，你想要一条什么样的尾巴？”

萝卜兔啃完手上的胡萝卜，就思考起这个问题来，最后不紧不慢地回答：“我想，猫咪的尾巴就挺不错的。”

“是什么样的猫咪呢？”

“嗯，也许黑猫的尾巴还行——黑色的尾巴尖儿上带点儿白色毛毛的那种，又或者马耳他猫的尾巴也不错吧？”

“如果让我来选的话，”小矮人说，“我会选那种带条纹的尾巴，暖灰色和深灰色相间的那种，尾巴尖儿也是黑色的。不过，既然你是在给自己选尾巴，你尽可以去挑选自己喜欢的颜色。你可以一边好好想想到底选什么颜色，一边帮我把盘子都洗干净。我呢，就去想办法、做准备了。我一定会让你拥有一条漂漂亮亮的猫咪尾巴的。”

于是，萝卜兔开始收拾桌面上的盘子、平底锅和咖啡杯，然后将它们放进一个小小的石头水槽中仔仔细细地清洗起来。

要清洗的东西可真不少，而且那些餐具上面还粘着很多油腻的培根和鸡蛋。因此，萝卜兔花去了不少时间来洗洗涮涮，将所有的餐具都清洗得干干净净后，再将它们整整齐齐地摆放进橱柜里。他边清洗，边细细琢磨起不同颜色的尾巴来，最终萝卜兔决定让小矮人给自己换一条带条纹的灰色尾巴。

当萝卜兔洗餐具时，小矮人也忙得团团转，只见他将落满灰尘的瓶瓶罐罐从不同的架子上取下来，还翻阅了很多稀奇古怪的旧书和秘方。他先把那些看起来古里古怪的瓶瓶罐罐里的东西全都倒进一个小钵里，再将它们都倒入一个石头罐子里，并将罐子放在火炉上进行加热。不一会儿，罐子里便散发出一股奇奇怪怪的味道，好在并不难闻。

“现在差不多啦！”小矮人洗了手，擦拭着自己的眼镜，对萝卜兔说，“这样应该就可以了。我爷爷以前常常忙这些事儿，虽然我对它们并不怎么了解，不过现在好啦！”

小矮人继续对刚挂好洗碗布的萝卜兔说：“跳到这张桌子上来听我的指令！”

萝卜兔言听计从地跳了过去，小矮人开始发号施令：“现在，紧闭你的双眼，用你的爪子捂住你的眼睛——不许偷看，也不许乱动，要保持住——”

“会不会疼啊？”萝卜兔惶恐不安地问。

“绝对不会的，但是你千万注意不能动哦！否则一不小心把尾巴搞歪了，或者位置弄偏了什么的，那麻烦可就大啦！”

于是，萝卜兔紧闭双眼，将前爪捂在自己的眼睛上，一动都不敢动。此刻他感到兴奋不已，心跳都快了不少。萝卜兔可以感觉到自己的小尾巴正在被轻轻地扭着、拉着、摩擦着。接着，他感觉到有什么暖融融、黏糊糊的东西被涂到自己的尾巴上，又闻到了刚才那股从炉子上的石罐里散发出来的奇怪味道。

然后，萝卜兔感觉自己的背被拍了一下，随之听到小矮人喊道：“好啦，好啦，大功告成啦！快看一看你的尾巴吧！”

萝卜兔赶紧放下还捂在眼睛上的爪子，睁开双眼，竭尽全力伸长自己的脖子，尽最大可能地向后转过自己的小脑袋——呀，这下子差点儿高兴得晕过去！他看到自己身后的那条尾巴是那么光滑圆润、妙不可言，令人倍感骄傲。这真是世界上最美丽动人的猫咪尾巴呢！太让人难以置信了！

“哇，我的天！”萝卜兔兴奋得有些不知所措，“简直太美丽动人了！”

“看上去还不错！”小矮人点头称是，“没错，这条尾巴棒极了！连我自己都有些佩服自己啦！来，这里有面镜子，来照照看。”

小矮人将一面旧镜子架到地上，再让它斜靠到墙上。萝卜兔从镜子中看到了自己，还有他的新尾巴。他不停换着各种姿势，在镜子前左边看看、右边看看，尽量从每一个可能的角度欣赏自己的新尾巴。瞅得越久，他心里就越引以为豪，高兴得不得了。他先是将自己的尾巴往上直直地翘起来，来回踱步，兴奋得连尾巴尖儿都在随之微微颤动。过了一会儿，他又假装自己正在生气，神气活现地挥舞起自己的尾巴来，直到尾巴猛击到自己身上，连骨头都被抽得痛不可言，地毯中的灰尘被尾巴拍得飞了起来，他才肯善罢甘休。接着，萝卜兔又趴到了地上，慢慢悠悠地让尾巴开始摇摆，优雅而从容自如地画出一个个称心如意的圈儿。不一会儿，他舞动起自己的尾巴来，用尾巴将自己的下巴弄得痒痒的，然后又用前爪轻抚着自己的尾巴。最后，萝卜兔模仿起猫咪小姐摆动尾巴的一系列动作，还挖空心思地做出不少新动作来——它们可是小兔子独创的哦！

“哦，我的天哪！”萝卜兔继续说，“这可是一条世界上最最漂亮的尾巴啊！老爷爷，我都不知道该怎么感谢您才好！”

“哈哈，这条尾巴的确非同凡响！”小矮人咯咯地笑着说，“如果猫咪能长上这么一条尾巴的话。不过，对于兔子来说——我就不知道到底是祸还是福了。看上去可真有点儿怪异呢！好吧，无论如何，这是你自己的选择，看看它用起来怎么样再说吧！记住，如果你不喜欢这条尾巴的话，你随时都可以回来找我帮你换掉它。”

“多么漂亮的尾巴！我想我应该不会再回来找你换吧！”萝卜兔喜笑颜开地说。现在，他已经急不可耐地想见到自己所有的亲朋好友，巴不得向他们好好炫耀一番自己漂亮的新尾巴呢！于是，萝卜兔匆匆忙忙地向小矮人表达了感谢，然后一溜烟蹿上台阶，三步并作两步地冲到了门外的阳光里。接下来，一阵钻心刺骨的疼痛让他禁不住发出一声刺耳的尖叫。原来，萝卜兔竟把自己的新尾巴比原来的短尾巴长出许多的事情完全忘掉啦！他兴高采烈地跑出门时，一个大意，新尾巴被门狠狠地夹了一下。

3

千难万险，猫咪尾巴惹来众多麻烦

萝卜兔的新尾巴被门夹过之后，疼得不得了，于是就学着猫咪小姐受伤时的样子，用舌头轻轻地舔起自己的尾巴来。不过，因为跟猫咪小姐那种像小梳子一样的舌头不同，萝卜兔舔来舔去好像也并没有多大的帮助，反倒是尾巴上的毛全都被他舔得湿漉漉、黏糊糊的，让他很是气恼。于是，他又用爪子去擦了擦尾巴，才感觉好一些。但是，现在的尾巴看上去已经没有开始时那么漂亮了，尾巴尖儿也肿得老高，湿漉漉地黏在一起的毛看起来丑极了，乱七八糟的，一点儿美感都没有。

不过，萝卜兔还是得意地摇摆着尾巴向山下走，时不时还会回头欣赏自己的尾巴。没过多长时间，萝卜兔发现了几只蚱蜢，他学着猫咪小姐的样子悄然跟踪它们。他趴在地上，下巴使劲儿向前伸，贴住地面；尾巴也紧贴地面藏在草丛里，只有尾巴尖儿微微翘起来那么一丁点儿。接下来，他缓慢地匍匐前行，最后猛地一跃而起，还把尾巴翘得老高。

一看到萝卜兔扑了过来，几只蚱蜢立即蹦得远远的，还对他冷嘲热讽起来："喂，大家快来看萝卜兔啊，大家快来看啊！萝卜兔乔装打扮成一只猫啦，他乔装打扮成一只猫啦……"蚱蜢们喊了不知道多少遍。开始那会儿，萝卜兔兴致勃勃地想靠近这几只蚱蜢，同时不停地摇摆着自己的新尾巴。但是，他却没能靠近它们。这些蚱蜢反倒开始唱起歌来：

“来看看萝卜兔啊——来看看萝卜兔啊——”唱得萝卜兔心烦意乱的。

在换上新尾巴的这段时间，萝卜兔也遇到了一些麻烦。比如，在草地上溜达和摇晃尾巴时，总会有很多东西粘到尾巴上，开始是一两根牛蒡草，接着是一些讨厌的干草叉、紫草，还有很多松针。原本漂漂亮亮的尾巴，已经乱得像稻草堆一样了。萝卜兔试着狠命地甩了甩自己的尾巴，想甩开那些缠在尾巴上的乱七八糟的东西，但根本没有什么效果。于是，他尝试着用舌头舔舔尾巴，但尾巴却因此变得更糟糕了。他又试图模仿猫咪小姐的样子，想用嘴巴叼起这些草再扔掉它们，可仍旧徒劳无功。你看，他非但没有将那些杂七杂八的杂草叼起来，

一不小心还拔掉了自己尾巴上的几撮毛，疼得哇哇直叫。

萝卜兔决定现在最好还是继续沿着山路下山去，趁自己的新尾巴看上去还没有那么狼狈的时候向亲朋好友炫耀炫耀。可是，他还没开始下山呢，就听到嗖的一声，紧接着又听到一声刺耳的尖叫。原来，一只冠蓝鸦正在他的头顶上方盘旋。紧接着，另外一只冠蓝鸦也从相反方向冲着他飞了过来。随后，又有三只乌鸦也飞来了，一只停在树梢上，另外两只乌鸦尖叫着加入了冠蓝鸦的队伍，联手围攻起可怜的萝卜兔来。

萝卜兔竭尽全力地大喊起来："我不是猫咪啊！我是萝卜兔呀！"但是因为鸟群扑扇翅膀的声音太大，谁也听不到他说的话，就连他自己都听不清自己所说的话。这时候，又有两只知更鸟加入了围攻的鸟群，扑扇翅膀的声音就更大了，于是更不会有人能听到他说些什么了。所有的鸟看到的都只是萝卜兔那长长的、条纹相间的尾巴，压根儿不会怀疑这不是猫咪而是兔子！这些鸟不喜欢猫咪，整个森林里的动物都知道它们讨厌猫。

萝卜兔费尽心机避开了他们的围攻，继续赶路下山，因为他还要给自己的亲朋好友展示新尾巴呢！但他渐渐意识到，下山这件事对他来讲实在太困难了。他知道现在这些鸟一旦叽叽喳喳地"拉响警报"，哪怕只有一只鸟在叫，山上的所有动物都会叽里呱啦地奔走相告："猫咪遭到围攻啦！猫咪遭到围攻啦！"而过不了几分钟，这些动物都会回到自己的洞穴去，紧闭家门，害怕惹火上身。

但此刻的萝卜兔根本没有别的办法，只能奋力往山下跑。冠蓝鸦和乌鸦的叫声越来越欢，追得也越来越紧。鸟群也不再有顾忌了，因为萝卜兔根本无法像猫咪一样直起身子来扑它们，而是只有受欺负的份儿。一只冠蓝鸦用嘴巴恶狠狠地啄了萝卜兔的尾巴一口，一只乌鸦则用翅膀重重地扇了萝卜兔的鼻子一下。

萝卜兔好不容易才脱离危险，跑到了自己的家门口，但萝卜兔发现家里静悄悄的，门窗紧闭，一个人都没有。他边咚咚咚地拼命敲门，边大声喊着："爸爸，妈妈，我是萝卜兔啊！让我进去吧！"但没人来回应他。萝卜兔跑到叔叔的兔子洞——他所有的堂兄妹都住在那儿，心想跟他们卖弄一下自己的新尾巴也好啊！可那儿也是门窗紧闭，不见人影。不仅如此，田鼠、金花鼠和小松鼠也都失去了踪影，就连臭鼬和土拨鼠也都不知所踪。

住在山上大房子里的阿姨注意到了刚才发生的事情，对小男孩说："嗨，儿子，你知道吗，那边有一只怪里怪气的猫咪让鸟儿闹腾个不停，这只猫被追得四处乱跑，你快去把那只猫咪给赶走吧！"

这个小男孩就是那个陷阱的小主人，他先从地上捡起一堆石子，预备待会儿扔个痛快，然后跑向萝卜兔，想看看究竟发生了什么事。他隔了老远就看到萝卜兔那带条纹的猫咪尾巴正在草地里乱晃，于是他开始向萝卜兔那边砸起了石子。其实，小男孩并不想伤害萝卜兔，只是想赶紧将这只奇奇怪怪的猫咪给吓跑。

最开始，小男孩扔的石子落在了萝卜兔身旁，他立即跳到

旁边躲避。后来，一颗石子反弹起来砸向他，而另一颗石子落到了他的面前，让他倒吸口凉气，连连后退。小男孩又向他扔了一颗石子，这回是贴着草丛猛地从他的右侧飞来，萝卜兔慌慌张张地跳到了左边。紧接着，又有一颗石子砰的一声落到他左边，他又赶紧跳向右边躲避。就这样，他在草丛里前前后后地又跑又跳，搞得自己筋疲力尽、惊慌失措。

有一件事倒是让萝卜兔松了一口气，原来，在小男孩向萝卜兔扔石子时，乌鸦、冠蓝鸦和知更鸟为了不被石子砸到，就转身飞走了。但现在萝卜兔的这条新尾巴已经变得相当难看了，一点儿都不招人喜欢——尾巴上“杂草丛生”，满是带刺儿的种子、杂七杂八的废物，还有荆棘，而且很多地方的毛都秃了。

此刻，萝卜兔摆脱了鸟儿和石子的攻击，步履艰难地向山上走去，原来他打算再去一趟小矮人家。有一只乌鸦还栖息在松枝上，偶尔还会对着萝卜兔发出一两声凄凉的叫声，嘲笑他

的狼狈样儿。

现在差不多已经傍晚时分了，天空中刮起了一阵凛冽的东风，还下起了细雨。萝卜兔淋了雨，身上湿乎乎的，又冷又饿，心里难受得不得了。他的身上同样难受得不得了——尾巴之前被门重重夹了一下，本来就很痛，后来又被一只冠蓝鸦狠狠地啄伤，那个伤口也痛得让他难以忍受。

萝卜兔步履蹒跚地走向小矮人的家门口。到了门口，他看到门上挂着一面小牌子，上面写着：

休息中，请勿打扰！

萝卜兔经历了这么多磨难，此时已经心力交瘁、疲惫不堪了。他钻到灌木丛下，拱进潮湿的树叶里打算暂时歇一会儿。东风越来越刺骨了，原本淅淅沥沥的小雨也越下越大。与此同时，他的尾巴也疼得越来越厉害。

4
扬扬得意，喜得梦寐以求蛇尾巴

萝卜兔一觉醒来时，强烈而耀眼的阳光将他的双眼刺得难以睁开，雨也停了。这真是一个美好而又温暖的早晨啊！空气格外清新，万物生机勃勃。但是萝卜兔既感受不到温暖，也感觉不到活力，依旧是那么饥寒交迫、没精打采，全身上下每一处关节、每一块肌肉都疼个不停。此刻，萝卜兔的尾巴也是糟糕透了——湿湿的、肿肿的，上面都是烂泥、枯草、树枝和带刺儿的种子。因为尾巴上的伤实在让萝卜兔不堪忍受，就连碰一下都不行，没办法，他只好任由尾巴瘫在潮湿的地面上了。

萝卜兔拼命揉了揉自己的双眼，又舒展了一下冻得僵硬的四肢，才感觉好一些。这时，一条小小的花纹蛇向萝卜兔爬了过来。花纹蛇老弟刚刚褪了层皮，露出自己的新皮肤，这让他显得容光焕发。看啊，他也在为自己的新皮肤而倍感自豪呢！的确，花纹蛇老弟的新皮肤在阳光下反着光，看上去漂亮极了！皮肤的底色是黑色的，上面还有三条艳丽的黄色条纹。

“哎呀，萝卜兔！”花纹蛇老弟瞅着萝卜兔大叫起来，“都发生了什么事儿啊？你的尾巴怎么啦？这到底是谁的尾巴？应该不是你的吧？可它明明长在你身上啊！它看上去像猫咪的尾巴，但是没有哪只猫咪的尾巴会难看成这个样子，这到底是怎么一回事儿呀？”

唉，萝卜兔羞愧难当地解释起这一切。他告诉花纹蛇老弟，自己是如何从陷阱中救出小矮人，然后小矮人又是如何给他换了一条新尾巴作为答谢礼的。

“哦，依我看，你的选择相当不明智啊！”花纹蛇老弟用夸张的表情对萝卜兔说，“这是我曾听说过的所有蠢事当中最蠢的事儿了，即使对于兔子来说也是如此。谁会想要那样一条长长的、毛茸茸的、讨人嫌的尾巴呀？特别对于你来说！”

“你看看——”花纹蛇老弟在阳光下扭起自己极漂亮的尾巴来，“这才称得上一条真正的尾巴呢！滑溜溜的还有很多用途，哪会惹上那么多麻烦呀！不是我自吹自擂，你看它多棒啊！更重要的是，我的尾巴可从来都不会搞得满是尘土，也从不会沾上什么带刺儿的种子和松针之类的东西，而且它也不怕水，还能像鸭子一样在水里自如游泳，真是要多灵活有多灵活，要多优雅有多优雅！”

嘿，还别说，花纹蛇老弟的尾巴在阳光下真是闪闪发亮，动作还那么灵活，看上去活力十足，而且还特别干净光滑。这让萝卜兔不禁嫉妒起花纹蛇老弟的尾巴来了。他开始后悔自己当时怎么就选了这么一条倒霉的猫咪尾巴呢！

“嗯，我——我想，我现在想拥有一条像你这样的尾巴。”萝卜兔支支吾吾地说。

“哈哈，如果你真有我这样一条尾巴的话，相信一切都会好起来的。没错，肯定不会像现在这样糟了！”花纹蛇老弟自鸣得意地笑道，“你不如再问小矮人要上一条我这样的尾巴嘛！”花纹蛇一边笑着，一边沿着小路往下爬走了。

就在这时，小矮人从隐秘小屋的门里走了出来。他环顾四周，伸了个懒腰，打了个哈欠，心满意足地享受着清晨灿烂的阳光。接着，他取下了门口的小牌子。正打算回屋时，小矮人突然看见了可怜巴巴的萝卜兔。

“我的天哪！”小矮人爷爷惊讶地喊道，“萝卜兔，你究竟发生了什么事儿？”

“一言难尽啊，发生了一大堆倒霉事儿。”萝卜兔伤心地

NAPPING
DO NOT DISTURB

说。他正打算向小矮人解释，却被小矮人打断了。

“来，快进屋，快进屋，”小矮人冲他喊道，“不然我的培根就要凉了。先进来暖暖身子，把身上弄干，吃些早饭，然后你再告诉我发生的事儿也不迟。”

小矮人的屋子里又温暖又舒适，空气中弥漫着新鲜出炉的饼干、热气腾腾的咖啡以及香喷喷的培根散发出的诱人味道，还混杂着一丝烟草的味道。小矮人将一把椅子推到靠近炉子的地方，让萝卜兔坐到上面来。接着，小矮人给萝卜兔抱出一

堆胡萝卜、半棵生菜，还有一个苹果。萝卜兔一看到这些好吃的，才意识自己早已饿得头晕目眩了，赶忙狼吞虎咽地大吃起来。小矮人则坐在一边，享用着培根煎蛋和咖啡。等他们吃完早饭，萝卜兔的身子已经干了，这下才算暖和过来，心情也变得好多了，不再那么愁眉苦脸了。昨天晚上，他一度还在想不如问小矮人要回自己原先的旧尾巴好了，不过眼下他已经感觉好多了，于是又动起心思想换上一条新的尾巴来试试了。

接下来，萝卜兔向小矮人原原本本地说了昨天的悲惨遭

遇。小矮人不禁笑起来，说：“嗯，我想你之前给自己选了一条猫咪尾巴，的确是个错误的选择。想想猫咪尾巴这个选择也是够蠢的——即使对一只兔子来说也一样。好啦，现在你想换上一条什么尾巴呢？”

萝卜兔将清早他和花纹蛇老弟说的话一股脑儿都跟小矮人说了。同时，他也向小矮人列举了花纹蛇尾巴的种种好处。最后，他问小矮人：“如果老爷爷不介意的话，我想换成花纹蛇老弟那样的既漂亮又实用的尾巴。”

“行啊，我想你说的有道理，”小矮人认同地说道，“蛇的尾巴既干净又卫生。那你告诉我，你想要哪种蛇的尾巴呢？黑蛇、花纹蛇、乳蛇、北美毒蛇、眼镜王蛇，还是响尾蛇？你尽可以选自己喜欢的。我想响尾蛇的尾巴可能会比较有趣，你可以拿它去吓唬吓唬你的亲朋好友，他们一定会害怕的。”

“我想这可不是个好主意——即便对于一只兔子而言，”萝卜兔若有所思地说道，“我整晚都没有回家，妈妈和爸爸一定特别生气。如果我再去吓唬他们，这绝对不合适。我想——还是选花纹蛇的尾巴吧！”

“好的，你自己的尾巴，应该由你来拿主意，”小矮人表示赞许，“如果你想要蛇尾巴，我可以给你。不过，有个问题得先弄明白了——你知道蛇尾巴是什么样的吗？我的意思是，蛇的尾巴要从哪里开始算起呢？蛇如果有尾巴的话，它的尾巴会不会要从它的耳朵根算起呢？在我看来啊，一条蛇本身就是一条长长的尾巴——”

“蛇尾巴应该不太长吧！”萝卜兔想了想说，“不然我会觉得怪不好意思的。我想大约和我身体一样长也就差不多了。”

“那好吧！”小矮人说，“跳到这张桌上来，我看一看应该怎么操作。闭紧你的双眼，将爪子捂住眼睛，不许偷看。”

炉子上石头罐子里的东西一会儿就热了。萝卜兔跳上桌子，闭上眼睛，用两只前爪捂住双眼。他又闻到了那股怪味道，然后感到自己尾巴上的阵阵疼痛正在逐渐消失。不一会儿，萝卜兔突然感觉自己的背被小矮人拍了一下，接着就听到小矮人大声宣布：“好啦，好啦！快看一看你的新尾巴吧！”

萝卜兔伸长自己的脖子，转过自己的小脑袋，惊喜地发现自己身后是一条世界上最漂亮的花纹蛇尾巴，甚至比今早他看见的花纹蛇老弟的尾巴还要漂亮呢！新尾巴滑溜溜的，又黑又亮，而且尾巴上还有三条金色的美丽条纹。新尾巴灵活地向各个方向扭动着，仿佛不知疲倦似的。萝卜兔还能用新尾巴来给耳朵挠痒痒呢！他的前爪时不时还要轻柔地抚摩一下这条漂亮的新尾巴。

“啊，我的天哪！”萝卜兔情不自禁地喊道，“这一定是世界上最棒的尾巴了！”

“看上去还可以嘛！”小矮人赞许道，“不过比我预期的长了那么一点儿，但看上去还是可以的嘛！”

“哇，我都不知道该怎样向你表达感谢了！”萝卜兔说。

小矮人点燃了烟斗，坐到一把舒服的椅子上，笑道：“哈哈，你可以好好给我展示展示嘛！”

于是，萝卜兔用自己的新尾巴挑起早餐用的盘子，将它们

都洗净并擦干了。没想到现在连洗盘子都成了一件有趣的事情啦！因为萝卜兔可以将自己的新尾巴缠在杯子的杯柄上，将它们放进碗柜里；可以用尾巴挑起叉子和勺子，将它们放进抽屉中。所有的一切都是如此得心应手，毫不费力。当他完成这些后，又用擦碗巾将自己的尾巴擦干，并用尾巴将擦碗巾整齐地挂在毛巾架上。

“嗯，的确既好看又好用！”小矮人情不自禁地赞叹道，“现在你赶紧回去，向你的亲朋好友们展示一下吧！我知道你等不及这样做了，但也要注意尽量避免自找麻烦。记住，如果觉得这条尾巴不好，你可以随时回来找我再换上一条。”

萝卜兔再次向小矮人表达了自己的感谢之情，然后一溜烟儿地冲上台阶。这次出门时，他将尾巴高高扬起，没有再让尾巴被门夹到。

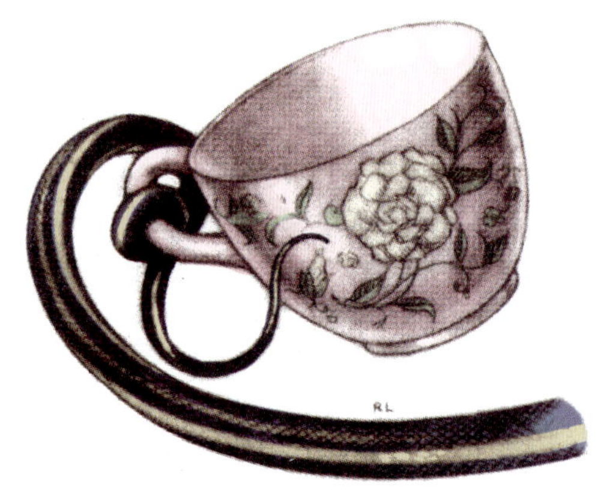

5

奇耻大辱，蛇尾巴让他受尽嘲弄

萝卜兔欣喜若狂地奔下山去，内心充满了骄傲与自豪。当他经过昨天自己突袭那群蚱蜢的地方，那些蚱蜢又开始冷嘲热讽地嚷嚷起来："来看看萝卜兔啊——来看看萝卜兔啊——"萝卜兔神气十足地抖出自己的新尾巴，一个急转身将尾巴甩得老高，赶走了这群蚱蜢。

一只苍蝇落到了萝卜兔的背上，就像刚才赶走蚱蜢一样，他啪的一声将尾巴挥过去，便迅速将苍蝇赶走了。"嘿，这尾巴真管用呀！"他想着，心里别提多美了。过了一会儿，他开始单腿跳着玩儿，无意中用尾巴将一朵雏菊打落在地。然后，他练习将自己的尾巴当作鞭子来抽，没过多久，他就能将自己的尾巴抽得像真正的鞭子一样噼啪作响。他高兴地想："这尾巴也太好玩儿了！我觉得在这个世界上，我就是第一只能将尾巴当作鞭子来使的兔子！哈罗德堂哥，等一下我就要让他瞅瞅我的新尾巴，我敢打赌他一定会嫉妒死的。"哈罗德堂哥比萝卜兔大一些，平常总是仗着年纪大，强迫萝卜兔听自己的。

萝卜兔终于来到了他叔叔住的兔子洞，他的几个堂兄弟正在附近玩耍。他连忙跑过去和他们打招呼，还不忘摇摆自己的新尾巴。堂兄弟们全都停止了玩耍，吃惊地围到他身边来。不过好像他们的表现没有萝卜兔预想得那样吃惊，尤其是哈罗德堂哥。

“你从哪里搞来这条大老鼠的尾巴？”哈罗德堂哥不屑一顾地问，“这尾巴让你看起来就像一只大老鼠。”

“才不是呢！”萝卜兔义愤填膺地辩解，“拜托，这可不是一条老鼠尾巴，而是一条花纹蛇尾巴。再好好看看！”他将尾巴放到地上，让它在草地上来回蠕动着，像极了一条花纹蛇。这一举动还吓着了几个小堂妹，她们尖叫着跑开了。但是哈罗德堂哥却不以为然，他往空中高高跳起，然后飞起一脚狠命地踩在了萝卜兔漂亮的新尾巴上。

“哎哟！”萝卜兔尖叫起来。这一踩，疼得他直流眼泪。他赶紧将尾巴翘得老高，以免再次遭到哈罗德堂哥的突袭。

当疼痛缓和了一些，萝卜兔便气鼓鼓地说：“哼，我能用这条尾巴做好多好多事情，你能吗？你根本无法做到。”他猛然抽出他的尾巴，将一朵雏菊干净利落地打落在地。

“哼，这有什么新鲜的啊！”哈罗德堂哥冷冷说道。说完，他立即冲着一朵雏菊跳得老高，飞起自己的后腿，将雏菊踢落，一样干净利落。

“你用的是脚，又不是尾巴！”萝卜兔连忙说。

“谁在乎用的是脚还是尾巴？”哈罗德堂哥满不在乎地说。

“我还可以用尾巴给自己的耳朵挠痒痒呢，你肯定做不

RL

到。”萝卜兔又说。

哈罗德堂哥懒得回答，却猛然耷拉下自己的右耳，然用后脚挠了挠它。

“看，我的尾巴多美啊！”萝卜兔说着，将他在阳光下闪闪发光的尾巴舞动了起来。

“哈哈，美得像条老鼠尾巴呢！”哈罗德堂哥讽刺地说，“萝卜兔是只大老鼠！萝卜兔是只大老鼠！”

其他的堂兄弟、堂姐妹都跟着凑起了热闹，一同喊了起来。他们一边跳着围成一个圈，将萝卜兔围在里面，一边幸灾乐祸地唱着：“萝卜兔是只大老鼠！萝卜兔是只大老鼠！”

臭鼬和土拨鼠听到兔子们的歌声，也赶过来看热闹。

“哎呀，拜托！”臭鼬少见多怪地惊呼道，“如果你能换条新尾巴，为什么不换成一条好看点儿的呢？”说罢，他还趾高气扬地挥动起自己黑白相间的漂亮尾巴。

“我——我想可能是因为还没有想好吧！”萝卜兔支吾着承认。

“哼！”土拨鼠嗤之以鼻，“有些人啊，从来都是身在福中不知福。要是你妈妈和爸爸看到了，他们会怎么说你？”

“我还没想那么多呢！”萝卜兔忐忑地回答。

“你啊，最好还是别让他们看到。”土拨鼠哼哼唧唧说

着，然后大摇大摆地离开了这里。

萝卜兔这才开始想该怎么跟爸爸妈妈交代，他想得越多，就越不安。他知道因为自己整夜未归，爸爸妈妈一定已经气坏了。现在他又开始怀疑如果爸爸妈妈看到自己的新尾巴，可能会更生气！

想到这儿，萝卜兔觉得自己最好还是乖乖地先回家再说吧！于是，他不顾一切地推开那些依旧将他团团围住并唱歌捉弄他的堂兄弟、堂姐妹。“你只不过是嫉妒我的新尾巴罢了！”他不服气地冲哈罗德堂哥喊道，还用自己的尾巴拍了拍哈罗德堂哥的鼻子。当萝卜兔往家的方向走去时，那些堂兄

弟、堂姐妹还跟在他身后唱了一阵子：“萝卜兔是只大老鼠！萝卜兔是只大老鼠！”好在最后他们也唱累了，也就各自散开，继续去做自己的事情了。

萝卜兔快到家时，妈妈从家门口冲出来迎接他。“噢，我亲爱的萝卜兔！”她心急如焚地喊，“你让我们太担心了！你整夜没有回家，到底上哪儿——”话还没说完，妈妈的声音就停了。因为她突然看到了萝卜兔的新尾巴，大惊失色，抽了一口凉气，连忙问道：“噢，儿子！究竟发生了什么事？你身上怎么有个这么吓人的东西啊？”妈妈一边说，一边哭了起来。

萝卜兔的爸爸从屋子里走了出来，当看到萝卜兔的新尾巴时，他也被吓到了。过了好一会儿，他终于缓过神来，气愤地说：“这——我的天哪，简直是闻所未闻，见所未见！以往常有闲言碎语，说我们兔子家族有老鼠的血统。我听到这些话时总是竭力反对，想方设法地去阻止这些谣言的传播。可现在，大家有目共睹，你一只兔子竟然长出了一条老鼠尾巴！你真是让我们这个大家族颜面尽失！简直就是奇耻大辱啊！”

“滚开！”爸爸对萝卜兔咆哮起来，“你给我滚出去！家门不幸啊！别再让我们这个大家族跟你一起受辱了！”

“可这不是老鼠尾巴啊！”萝卜兔哭着辩解，“这真的不是一条老鼠尾巴，而是一条蛇的尾巴，一条花纹蛇的尾巴。是小矮人送给我的——”萝卜兔还想继续把自己换尾巴的事情讲给爸爸妈妈听，却被爸爸打断了。

“简直就是天方夜谭！”爸爸一点儿不相信萝卜兔的话，“这就是一条令人讨厌的尾巴。你给我走开！”妈妈此时已泣不成声，下意识地向萝卜兔走了一步，却被萝卜兔的爸爸毫不留情地一把拉回。“走开！”他冲着萝卜兔再次咆哮。

RL

萝卜兔被逼无奈，只好离开了自己的家。

萝卜兔将长长的尾巴耷拉着拖在身后，心情低落地向前走着。他现在既不想用尾巴去扫雏菊，也没有心思在阳光下挥舞自己的尾巴。萝卜兔感到饥肠辘辘，不禁想起妈妈现在可能正在给他准备美味的午餐吧——妈妈不哭了就会为他准备的。

萝卜兔停下脚步，嚼了一些路旁的三叶草，却味同嚼蜡，一点儿都不觉得好吃。直到现在，萝卜兔才开始意识到，自己的新尾巴并非如想象中那般受欢迎。因为昨天晚上萝卜兔就没有睡好，现在的他全身像灌了铅一样，一点儿力气也没有了。

一只冠蓝鸦飞到附近的一棵树上，开始尖叫："萝卜兔是只大老鼠！萝卜兔是只大老鼠！"

"你给我闭嘴！"萝卜兔愤怒地回应道。说完，他爬到一片灌木丛下，准备好好睡一觉。

萝卜兔午睡的这片灌木丛恰巧在一条可以漫步到山上的小路旁。当他躺下来休息时，他那光滑圆润的长尾巴刚好伸到外

面，横在了小路上。

太阳照耀着大地，暖洋洋的，萝卜兔酣然入梦。到了下午，他依然沉浸在甜甜的梦里。此时，园丁弗兰克·格林肩上扛着一把铁锹，走在这条山间小路上，正打算去山上大房子的花园里翻土呢。

弗兰克是个非常不错的小伙儿，从来不会去伤害任何人，

但是他很害怕蛇。当他走在这条山间小路上时，差点儿就一脚踩到横在小路上的“大蛇”身上，这可把他吓坏了！慌忙中，弗兰克肩上的铁锹也掉了下来，不偏不倚地重重砸到萝卜兔的尾巴上。

一阵剧烈的疼痛将萝卜兔从睡梦中惊醒，他被吓得跳了起来，一溜烟儿地往山上逃窜，只留下那条被截断的蛇尾巴，孤零零地被遗落在灌木丛边的山间小路上。

“啊，我的天哪！”弗兰克大声惊呼，“那是什么东西呀？”他想看看灌木丛下的“蛇”到底是什么样子，但走近一瞧，却什么都没发现。“咦，好奇怪啊！”他挠着脑袋，自

言自语道。然后，弗兰克将那段蛇尾巴踢到路边，继续往山上赶路。

萝卜兔使尽全力朝着小矮人家一路飞奔。现在，他尾巴或者说屁股上的断尾处正火烧火燎似的疼，简直让人无法忍受。这一刻，他甚至没来得及注意小矮人家门上有没有“休息中，请勿打扰”的小牌子，就一头撞开了小矮人的家门，一个踉跄从台阶上滚了下去，还伴着一阵撕心裂肺的尖叫。只见他一个跟头就直接栽进小矮人家的客厅里，痛苦得都有些狰狞了。这时，小矮人嘴里正叼着烟斗，尽情地享受着悠然自得的午后时光。

“哎哟！哎哟！哎哟！”萝卜兔在房间里疼得满地打滚儿，嘴里不停地发出呻吟声。小矮人则不慌不忙地起身，走到炉边，拿起石头罐子。

“我已经提前将它加热好啦！”小矮人笑着对萝卜兔说，“我想你很可能会第二次来找我换尾巴，我已经提前把所需要的材料准备好了。来吧，现在跳到桌子上，闭上你的眼睛，不许偷看哦！”

随即，萝卜兔乖乖地跳上桌来，让身体趴在桌上。此刻，他正在呜呜地哭个不停，身子因为疼痛还不住地颤抖着。他又闻到了那股怪异却不难闻的味道从石头罐子里飘出来，没过多久，他感觉到屁股上的剧痛减轻了许多，又过了一会儿，疼痛就完全消失了。

小矮人问萝卜兔："好了，现在你想换一条什么样的尾巴？"

"嗯，我想——还是换回我自己的尾巴吧！"萝卜兔唉声叹气地说，"如果你不介意的话。"

萝卜兔再次闻到了那股怪味儿，屁股上的伤口也感到一股暖意。不一会儿，小矮人拍了拍萝卜兔的背，喊道："大功告成啦！新换的尾巴和你原先的兔子尾巴一模一样，快来看一下吧！"

萝卜兔伸啊伸，拼命伸长自己的脖子；扭啊扭，费尽力气向后转自己的小脑袋，这也才勉勉强强地看到了自己那一小团旧棉花似的尾巴。嗯，看起来还是挺不错的嘛！

小矮人特意为萝卜兔准备了一顿丰盛的晚餐，有豌豆汤、胡萝卜和生菜。等到萝卜兔美美地吃了一餐之后，小矮人慈祥地对他说："孩子，来吧！你已经过了好几天不愉快的日子了，一直闷闷不乐的，现在来好好地放松一下吧！"

萝卜兔跳到一张小矮人精心铺好的床铺上，并由小矮人为他盖好被子。很快，萝卜兔就香香地睡着了。

6

贪慕虚荣，终得美不可言狐狸尾巴

萝卜兔这一觉睡得好香好甜啊，一直睡到了第二天早晨。小矮人把他叫醒，还为他准备了一顿可口的早餐。萝卜兔感觉休息得特别好，精神都好了很多。眼下，他对自己的兔子尾巴还是相当满意的。

“好啦！”萝卜兔用完早餐后，小矮人说，“我希望你能对自己的尾巴感到满意，换尾巴的事情现在可以告一段落了——但是我不敢肯定。不过呢，如果你还想尝试其他尾巴，我这里也随时欢迎你回来！现在你最好立即回家去，和家人重归于好！”

“太感谢你了！”萝卜兔千恩万谢地说，“我想我应该不会再想换其他尾巴了。”

“你是今天不想吧，”小矮人乐得哈哈大笑，“世事难料，说不定你明天又想了。你嘛，从来不长什么记性——即使对于一只兔子来说也是如此。”

之后，萝卜兔开开心心地下山了，一路上蹦蹦跳跳的，心情好极了。能换回自己旧棉花团似的小尾巴，萝卜兔感觉心里轻松了许多。自己的短尾巴可比猫咪小姐的尾巴轻巧了许多，也不会像花纹蛇老弟的尾巴那样总是给他招惹是非。

当萝卜兔的堂兄弟、堂姐妹在路上看见他时，又对着他开始唱起来：“萝卜兔是只大老鼠！萝卜兔是只大老鼠！”萝卜兔恼羞成怒，飞起一脚踢到哈罗德堂哥身上，紧接着就往家奔去。这下，他的堂兄弟、堂姐妹都应该看到，自己屁股上已经变回了原先那一小团旧棉花似的兔子尾巴了。

妈妈看到萝卜兔回到家来，而且尾巴也恢复如初，不禁喜极而泣。但爸爸仍然不是很放心，绕着萝卜兔转悠了好多圈儿，目不斜视地盯着萝卜兔那一小团兔子尾巴，仔仔细细地检

查了一番。

“这下，我终于能大大地松口气了，”最后，爸爸百感交集地说，“幸亏你的尾巴又变回了原来的样子。虽说兔子身上长出老鼠尾巴是最最不幸的事儿，好在你屁股上的老鼠尾巴是暂时的。我可不希望以后兔子尾巴再变成老鼠尾巴了。”

于是，萝卜兔立即向爸爸妈妈讲起他从陷阱救出小矮人的事情，并且将小矮人变出两条新尾巴作为礼物送给他的事也详细地告诉了他们。

“我一清二楚地记得，当初有人告诉我你长出一条猫咪尾巴时，我是多么害怕！”爸爸说，“你知道这让你妈妈和我有多提心吊胆啊！后来你居然又换了一条蛇尾巴。唉，也太没头没脑了——即便是对一只兔子来说。我希望你能好好吸取教训，别再给我们添乱和给整个家族抹黑了。我相信，你会对我们与生俱来的尾巴感到满意的。毕竟，长了兔子尾巴也不是什么让我们感到羞愧的事情啊！”

“是的，爸爸！我再也不会觉得长了兔子尾巴是让我感到羞愧的事情了。”萝卜兔向爸爸信誓旦旦地做了保证，然后又进屋吃了一些早餐。

至少有那么两天的时间，萝卜兔觉着自己旧棉花团似的短尾巴还是相当令人满意的。他在自家的兔子洞附近，勤快地帮助妈妈做家务；和他的堂兄弟、堂姐妹在一起愉快玩耍，也会和哈罗德堂哥打成一片，没有再去想什么换尾巴的事情。

可到了第三天，萝卜兔就已经将猫咪尾巴曾给他带来的种种麻烦，完完全全地给抛到脑后啦！到了第四天，萝卜兔已经将花纹蛇尾巴曾给他带来的惨痛教训，彻头彻尾地给忘记了！不出所料，萝卜兔真是没什么记性，正如小矮人说过的一样。到了第五天，萝卜兔开始闷闷不乐起来，他又一次讨厌起自己的短尾巴来了。就在第六天，他遇见了红狐狸兄弟。

看着红狐狸兄弟的尾巴，萝卜兔不禁感到惊讶，觉得那才算得上一条真正的尾巴呀！红狐狸兄弟的大尾巴既浓密又柔软，尾巴尖儿是橘红色的，尾巴根部则是乳白色的，尾巴中间是完美的渐变色，漂亮极了！这条尾巴还特别长，差不多能将红狐狸兄弟的整个身体都绕上一圈儿。

“我的天哪！红狐狸兄弟，”萝卜兔满怀羡慕地说，“我想，你的尾巴肯定是世界上最漂亮的尾巴了吧！”

“你过奖啦！”红狐狸兄弟一边将他的尾巴不停地摇摆着，一边彬彬有礼地回答，“在这个世界上，可能还有很多比这更漂亮、用途更多的尾巴，只不过我还没有见过罢了。”

“你的尾巴有很多用途吗？”萝卜兔瞪大眼睛，充满好奇地问红狐狸兄弟。

“这条尾巴有很多用途吗？”红狐狸兄弟自信地说，“告诉你吧，寒冷的冬夜里，我可以用自己的尾巴当棉被，裹住爪子，就连鼻子也可以埋在其中，睡觉时别提多暖和啦！”

“唉，我也很想拥有一条像你这样的尾巴！”萝卜兔感慨道。

“哎呀，我相信这就是你内心最真实的想法！”红狐狸兄弟笑着说，“谁会不希望自己有这么一条尾巴呢？你也可以想法子搞到一条啊！”

“嗯，我想我会如愿以偿的。”萝卜兔边回应着，边往山上小矮人家的方向走去。

“来了！来了！”小矮人听到萝卜兔的敲门声后，一边笑一边给萝卜兔打开门，“这次你已经整整六天没有换新尾巴了，你这只小兔子总算有点儿长进了。不过，看来我说的没错啊，你还是会回来找我换尾巴的。现在告诉我，你又想换一条什么样的尾巴？”

“狐狸尾巴！”听小矮人这么一问，萝卜兔脱口而出，“这一回我做梦都想要一条狐狸尾巴。狐狸的尾巴简直太美了，更重要的是还非常实用。我一定得拥有一条这样的尾巴才好啊！”

“好吧！”小矮人沉思片刻，对萝卜兔说，“你说的话听上去有些道理。狐狸尾巴的确十分漂亮，谁也不能否认这一点！我曾见过女士们围上狐狸毛做成的围脖，路上的摩托车和卡车前也装饰着狐狸毛，看上去简直太棒了。但如果狐狸尾巴长在兔子身上，我就不知道会是个什么样子了。不过，你的尾巴还是应该由你决定。如果你想要一条狐狸尾巴的话，我可以送你一条，这事儿就这么定啦！现在来吧，跳到桌子上来，闭好眼睛，不许偷看哦！”

萝卜兔现在又闻到从石头罐子里飘来的怪味儿，奇异而又熟悉。他感到屁股后面暖暖的，紧接着，后背又被拍一下。小矮人大声宣布：“成啦！快看一下吧！”

这次，萝卜兔甚至都不用伸长自己的脖子，也不用费力地转过自己的小脑袋，只需要稍稍歪上那么一点点头，就看到了一条最漂亮、最柔软、最蓬松的橘色大狐狸尾巴，即便与其他狐狸的尾巴比，也不会被比下去。最重要的是，这条全世界最完美的狐狸尾巴是长在萝卜兔身上的！

“哇，天哪！”萝卜兔不禁惊叹道，“在这个世界上，有谁见过比这条尾巴更加美丽的东西呢？”

“那肯定是有的啦！”小矮人镇定自若地回答，“我就看到过很多东西比这条尾巴更美丽呀！再说了，一条狐狸尾巴有多完美，怎么说也是基于长在狐狸身上而言的吧！而你是一只兔子，屁股上长出这样一条尾巴，对你来说究竟是不是好事我就不知道啦！不过，既然你想要一条狐狸尾巴，我已经兑现自己的诺言，帮你实现愿望了！现在，你可以出门自己玩儿啦！我也准备今天下午美美地睡上一觉呢！”

萝卜兔的内心正沉浸于无比的兴奋和骄傲里，此时的他独自一人，漫步于树林之间。虽然这条尾巴并不像其他尾巴一样那么灵活，眼下也派不上什么用场，但它实在太美了！萝卜兔一个劲儿地歪着自己的小脑袋，专注地欣赏着自己的新尾巴。时间一长，自己的脖子都开始僵硬了。于是，萝卜兔决定走向一个小湖，因为那里的湖水平静而清澈，是一面特别棒的镜子

呢！一整个下午，萝卜兔都待在湖边，不停变换着各种姿势，欣赏着湖面中自己的倒影。

在湖边，萝卜兔来来回回、慢慢吞吞地踱着步子。一开始，他将自己蓬松的大尾巴往上伸得直直的，还把尾巴尖儿稍

微翘起来那么一点儿。不一会儿，他坐下来，轻柔地摇摆起搁在地上的尾巴，就像扇扇子一样。接着，他又昂首挺胸地坐直身子，用大尾巴裹住自己的脚，然后绕着自己的身子围了一圈，看上去就跟一个有着漂亮橘色底盘的精致瓷娃娃没有什么两样。然后，萝卜兔又开始前前后后地跑动起来，只见他的尾巴就像波浪一样，在他身后随着身体的动作上上下下、起起伏伏。在湖边，他就这么来来回回地跑来跑去，一刻不停地欣赏着自己优雅漂亮的大尾巴，直到日落西山，再也无法看清湖面中的倒影才不得不停下来。拥有了新尾巴的萝卜兔

越来越为自己的新形象感到得意了！

不过呀，萝卜兔想到回家这件事儿可犯了难。这次虽说应该不会再有人说他的尾巴是老鼠尾巴，或是说他看上去像只大老鼠，但他依然有些担心——爸爸会不会因为他把兔子尾巴换成狐狸尾巴而暴跳如雷，尽管他确信这次换的尾巴真的很漂亮。想到这儿，萝卜兔就在树林周围选了一块干净又干燥的地方，这样就不会弄脏他那条引以为豪的新尾巴了。是的，他打算躺在这个地方过夜。他记得红狐狸兄弟曾告诉过他，可以用自己的尾巴裹住自己的爪子和鼻子来保暖。当然，这个取暖的方法更适合在寒冷的冬夜用，而现在还是一个并不寒冷的秋夜，但无论如何，萝卜兔都迫切地想要试一试。最初，大尾巴围着萝卜兔的身体，让他感觉到非常暖和，但不久他就觉得又闷又热，甚至喘不过气来。萝卜兔这一觉睡得并不好，老是会被热醒，一个晚上醒了好几次。最后，天快亮的时候，他才舒展开围着自己身体的尾巴，将它放在身后。顿时，萝卜兔感觉舒服了许多，很快又进入了梦乡。

萝卜兔再次醒来，是被一阵犬吠声给惊醒的，那是贵族打猎队的猎犬发出的叫声。

7

千辛万苦，狐狸尾巴让他身心俱疲

猎狗的叫声将萝卜兔从睡梦中惊醒。他一跃而起，躲在树丛中向外张望。向低洼的草地上看过去时，萝卜兔发现有一群猎狗以及不少骑在马上的猎手和骑手，骑手中有一些人身着鲜红色外套。他们正从小路向草地这边前进。

萝卜兔自言自语道："我想，最好还是找个地方躲一躲吧！"于是他匆匆转过身子打算离开。但也就是因为这个动作，萝卜兔漂亮的橘红色尾巴在阳光下显露出来，他的行踪被一些猎狗和猎人发现了。猎狗们立即兴奋得狂吠不已，骑手们的号角也应声吹响，还有人高声大喊："快追啊！别让这个小东西跑啦！"

萝卜兔惶恐不安地喃喃自语："我想，还是赶紧逃到其他地方去吧！"于是他火速穿过树林，越过那片枝繁叶茂的灌木丛，冲下山间小路。此时，整个贵族打猎队正浩浩荡荡地从山的另一侧追来，试图追逐已经翻越山头的萝卜兔。

萝卜兔并不是很担心自己会被猎狗抓住，因为他清清楚楚地知道在山上摆脱猎狗的每一个诀窍。他知道山上哪里有灌木丛，哪里满布荆棘，哪一个地方有带刺儿的铁丝网……虽然危机重重，但他知道自己应该如何安全躲避，而那些猎狗却做不到这一点，只有被荆棘和铁丝网刺得哇哇直叫的份儿。萝卜兔还知道山上所有的小溪流，知道哪些地方的溪水足够浅、足够窄，让他可以轻轻松松地跳过去，将猎狗甩得远远的。眼下，萝卜兔正冲向一处小溪，那个地方的溪水比较浅、比较窄，而且溪水中还有一些石块，以往他从这里跳到河对岸去是不费吹灰之力的。

萝卜兔一边逃跑一边琢磨，那些猎犬受过正规训练，不会去追逐兔子，而是擅长追踪狐狸。想到这儿，他突然慌了："天哪！我的狐狸尾巴是不是留有狐狸的气味？没错儿，就是这样！这可不是闹着玩儿的啊！"

的确，萝卜兔的猜想没有错。因为当他正跳过小溪流时，他真真切切地听到了贵族打猎队在后面发出的声音，看来打猎队已经循着他的踪迹追赶过来了。猎手们已经骑着马冲过了那片灌木丛，萝卜兔听到从自己左侧传来的马儿的阵阵欢叫。

小溪里的石块分布得比较分散，不过以前萝卜兔跳过很多次，都成功了。唯独这一次，他比以往都要着急，再加上沉重的新尾巴让他的身体失去了平衡，当萝卜兔跳过最后一块石头时，一不留神脚下打了滑，猛地栽进了冰冷的溪水中。

好在溪水比较浅，而且萝卜兔已经靠近岸边了，他赶紧用尽全身力气迅速爬上岸。可不幸的是，原先那条漂亮蓬松的大

尾巴已经全部湿透了，还吸了好多好多的水，变得特别沉，让萝卜兔每走一步都要使出好大的力气。但没有办法，他现在必须拖着重重的狐狸尾巴，从岸边拼命爬向灌木丛。要知道，此时的狐狸尾巴就像一大袋沉沉的沙子似的，拖着它向前走的滋味可一点儿都不好受。

说时迟那时快，就在萝卜兔刚刚爬进灌木丛的掩护之中时，猎狗们就已经冲进了林间空地，猎手们也在林间飞奔，并在刚才萝卜兔越过的溪水边会合了。萝卜兔看到了打猎队蹚着

溪水时的混乱场面：马蹄踏得水花四溅，猎狗四处溜达着撒欢儿，而猎手们则疯狂地吹起了号角。

一直穷追不舍的打猎队此刻迷失了方向，完全不知道萝卜兔藏在哪个地方。这让萝卜兔可以稍稍松一口气。身后拖着一条吸满水的无比沉的大尾巴，萝卜兔早已精疲力竭，这会儿终于可以休息一下了。他竭尽全力去甩动自己的尾巴，想将上面的水甩掉一些，但效果却一点儿都不理想，他甩来甩去只甩掉了一丁点儿水，尾巴并没有轻多少。

小溪岸边都是灌木丛，萝卜兔在这些灌木的掩护下，无声无息地往小溪的上游方向匍匐前行。他在另一浅滩处横跨过溪流，继续顺着小溪往上游爬去，很快便见到一座小桥，他爬上小桥再次横跨了小溪。萝卜兔心想："这么一来，那些追踪我的家伙肯定更难发现我了！"他不顾一切地向前赶路，终于快到那一大片荆棘丛了，萝卜兔顿时有种如释重负的感觉。这片荆棘丛有几个足球场那么大，萝卜兔熟悉里面的每一条安全路线，他有信心在这里成功摆脱那些猎狗！

当萝卜兔刚到达荆棘丛时，他又一次听到身后打猎队一行人马所发出的声音，原来他们正打算从那座小桥上横跨溪水。

“哈哈，你们也太迟了吧，这下看你们怎么追上我！”他边想边溜入离自己最近的荆棘丛缝隙里，“上次我就是这样把你们甩得远远的！”

就在此刻，正在得意着的萝卜兔却突然大喊大叫起来。原来，他惊慌地发现自己那条原本美丽蓬松的大尾巴，居然被荆棘死死地缠住了，而且扎得他痛极了。想到自己因为这条尾巴，再也不能自由自在地穿梭于荆棘丛的通道之中，他顿时觉得自己难过得要晕过去了。没法子，此刻萝卜兔没时间伤感，只能急匆匆地往后退出荆棘丛，然后拼死拼活地从荆棘上扯出自己的尾巴，硬生生地在荆棘上留下了几缕艳丽

的橘色狐狸毛。

萝卜兔知道现在唯一的出路就是跑，跑得越远越好，越快越好。他绕过荆棘丛，正准备穿越草地之时，传来了贵族打猎队浩浩荡荡过桥，向着荆棘丛方向进发的声响。此时，萝卜兔找不到掩护，根本无处躲藏，他听到身后猎狗的叫声、猎人们的号角声，以及骑手们的呐喊声。不过，萝卜兔现在只能将这一切抛开，使尽全身力气狂奔起来。

萝卜兔本来就是一个跑步高手！是的，树林里跑得最快的兔子就是他。通常情况下，他总能轻松地将这些猎狗、猎人还有骑手甩得老远，甚至把这种追逐当作一个游戏——但怎么说这都是以前的辉煌历史，现在已经完全变了样！身后沉重的狐狸尾巴好似有千斤重，让萝卜兔根本没办法施展自己的跑步特长。虽然尾巴已经干了不少，但对萝卜兔来说依旧是很大的负重，极大地拖住了他的步伐。

有那么一刻，萝卜兔开始无比怀念起自己从前棉花团似的小尾巴来了，但他没有时间来想这些事情，只能把所有精力都放在逃命上。

萝卜兔跑过一块块草地，翻过一座座石墙，又穿过一个个玉米田、麦田、干草场和小树林，跳过一道道栅栏、一条条小溪和水沟。打猎队仍追个不停，一直在萝卜兔身后发出震天的声响，他们已经离萝卜兔越来越近了！更加糟糕的是，萝卜兔拖着的尾巴已变得越来越沉。

萝卜兔几乎就要跑不动了。

萝卜兔现在所处的地方他从来没有来过，根本不知道该往哪里走。他跑过一片空地，看到一个大农舍，旁边是一个大大的红色谷仓。一直以来，萝卜兔是很避讳去农舍的，但此刻这里似乎成为他唯一的藏身之地了。而在草地的另一边，猎狗已在翻越石墙，骑手、猎人也紧随其后。现在横在萝卜兔眼前的，是一道带刺的铁丝网。

萝卜兔竭尽全力，纵身一跃——他的前腿往前伸得直直

的，后腿也使劲儿向后伸展，身体干净利落地从铁丝网中间穿过——除了他的尾巴。

这条讨厌的狐狸尾巴被铁丝网上的刺儿给缠住了，致使萝卜兔的整个身体被倒挂在铁丝网上。向这边全力冲刺的猎狗看到这个情景，兴奋得狂吠起来。当浩浩荡荡的打猎队横穿草地时，萝卜兔奋力挣扎希望能挣脱铁丝网。就在跑在最前头的猎狗离他仅有几米距离之时，萝卜兔发疯似的拼命挣扎，猛地抽出自己的尾巴，终于挣开了铁丝网，当然也付出了相应的代价——在铁丝网上留下了好几撮橘红色的狐狸毛。

萝卜兔赶忙继续向前跑，猎狗紧随其后，骑手和猎人也沿着小路迅速追来。谷仓的门开着，萝卜兔却没有从门口进入，

而是直奔房子的石头地基冲过去，因为他注意到石头地基那儿有个小洞——洞口刚好跟他的身体差不多大。容不得半点儿迟疑，萝卜兔纵身跳入这个漆黑冰冷的小洞中。萝卜兔刚一着地，跑在打猎队伍前面的猎狗就撞上了石头地基。

幸运的是，再没有其他的洞口可以出入这个小洞，而这个洞口又实在太小，猎狗巨大的身子根本进不来，即便猎狗用尽办法——在洞口处又踢、又撞、又抓，也无法破坏这个结实的石头地基分毫。这下，萝卜兔躲在里面暂时安全了。此刻，他已经精疲力竭，身上连一丝力气都没有了，他必须利用这个机会好好躺下休息一会儿，不再理会外面已经抓了狂的猎狗。

其他那些没有在洞口乱踢乱抓的猎狗则开始疯狂地捕杀农场主的家禽，一眨眼工夫，他们就杀死了一只火鸡、三只鸭子和七只鸡。有条猎狗还掉进了井里，还有几条猎狗将农场主的猫咪给追上了树。

随后，所有猎手和骑手成群结队地涌进谷仓的院子里，场面更是乱作一团。乱哄哄的马儿、大喊大叫的骑手，还有使劲儿吹号角的猎手。有两只奶牛被吓破了胆，像脱缰的野马一样冲了出去，引得几条猎狗漫山遍野地追着它们。

这时，农场主带着他的狗还有两个儿子赶到了，场面愈发混乱不堪。农场主的狗是一条巨大的杂种狗，和獒有些像，它向贵族打猎队猛扑过去，像一个复仇天使一样，或者将它形容为一个复仇的魔鬼可能更加贴切。农场主手拿一把干草叉，他的两个强壮的儿子则挥舞着锄头。

在一片猎狗的犬吠声和骑手的喧哗声中，猎人开始向农场主说明因为有一只狐狸溜到了这个谷仓，所以他们才跑到这里希望抓住这个猎物。但是农场主完全不听他们的解释。

“好吧，就算真有只狐狸在这儿，那就让他待在这儿吧！”农场主咆哮着说道。接着，他拿起一块石头堵起洞口，又挥动干草叉赶走洞口的猎狗，驱打挡在他面前的马儿。

农场主花了足足半小时的时间，终于让一大群猎狗从狂吠中安静了下来，还将吓破胆逃出去的奶牛重新逮回了牛栏，同时又把落到井里的猎狗以及被追上树的猫咪解救了下来。贵族打猎队给农舍及谷仓造成的损失，也折成赔偿金由骑手和猎人支付给农场主。他们还说服一位路过的摩托车手驮上伤势比较严重的猎狗回去疗伤。而贵族打猎队呢，则拖着沉重的步伐，步履蹒跚地回家去了。

外面发生的这一切，沉睡着的萝卜兔却是一无所知。

8

知足常乐，还是自己的短尾巴最好

萝卜兔不知道自己在谷仓底下到底待了有多久，可能是一天一夜，也可能是三天三夜。因为这里一直都是黑漆漆的，根本无法分辨到底是白天还是黑夜。萝卜兔已经完全没有时间概念了，而且他也没有精力去关心现在到底是什么时间，因为他已伤痕累累、身心俱疲。

他的脚已经疲惫得完全不听使唤了，而且还受了很多伤；他浑身上下的每一处关节、每一块肌肉都疼痛难忍；他的头也在阵阵抽痛；尾巴上的伤是最严重的，疼得让他无法忍受。猎狗离开后，他睡了好长时间，不过具体睡了多久他就不知道了。

萝卜兔醒来时，头痛好像转移到了胃上，原来是饿得胃都受不了了。再加上这么久都滴水未进，嘴巴也渴得不行。每动弹一下，他就难受得开始呻吟。他转了一下身子，发现身旁有一小堆从上面的谷仓漏下来的谷粒，赶紧起来吃了一顿。但吃完之后，他却愈发觉得口渴难耐了，可在这个干燥的、满是灰尘的谷仓下面，他是不可能找到一滴水的。

就这样，萝卜兔睡着又醒来，醒来又睡着，也不知道到底过了多久。当这一次醒来时，他感到身体稍稍好了一些，但口渴的感觉已经到了难以忍受的地步。

事实上，在那些猎狗离开的第二天傍晚，农场主路过谷仓时碰巧看到仍堵在地基洞口的石头。他原本已经将这块石头的事儿忘得一干二净了，现在连忙将石头从洞口挪开，自言自语道："我可不想把什么动物给活活闷死在谷仓下面啊！如果是那样的话，可就太糟糕啦！"他趴在洞口处闻了闻，然后又嘀嘀咕咕道："肯定有什么藏在里边。唉，那些贪得无厌的猎人真是不做好事啊！"

现在虽然已是傍晚时分，天空中灰蒙蒙的，还淅淅沥沥地下着小雨，但洞口处突然射进的光还是让长时间待在黑暗环境里的萝卜兔有些受不了，头更是一阵阵地疼了起来。外面传来的滴答雨声，再加上秋雨带来的凉爽气息，让萝卜兔激动得要发狂了。他在脑海中想象着三叶草叶子上大滴大滴晶莹剔透的水珠，恨不得立即将自己的脸埋在凉凉的三叶草里，尽情吮吸上面的雨水。没错，口渴得受不了的萝卜兔已经什么都顾不上了！别说是自己身上这条狐狸尾巴了，只要能让他喝到水，就是一打狐狸尾巴他也可以送出去！

不过，对于昨天逃命时的恐怖情景，萝卜兔仍历历在目，这让他变得谨慎了——对于一只兔子而言，这实在太不容易了！接下来，萝卜兔又继续睡了一会儿，准备等到夜幕降临后再出去。

萝卜兔一觉醒来差不多已是午夜时分。外面除了滴滴答答

的雨声，就再也没有其他声音了。尽管身体的疼痛令萝卜兔不断呻吟着，但他还是想方设法爬出了石头地基上的洞口。萝卜兔用尽了浑身的力气，疲惫不堪，但清凉的雨点打在他身上和脸上，还是让他精神了许多。他干脆对着天空仰起头，任由雨水滴落在自己脸上，再缓缓流入他早已干渴的嘴巴里。那些滴落在嘴边和爪子上的雨水，每一滴都会被他舔进嘴巴里。渐渐地，他才有了一丝活过来的感觉。

农舍里的灯已经关了，谷仓里的奶牛和马儿也已经睡了。萝卜兔确认农场里的狗已在炉灶边睡着后，便开始蹑手蹑脚地往谷仓大门跳过去。每跳一下，萝卜兔都感到痛不可言！曾一

度让他倍感骄傲的狐狸尾巴如今跟个累赘似的拖在屁股后面，上面还粘了不少泥巴以及谷仓院子里动物的粪便。

萝卜兔跑出谷仓大门，穿过一条小路，来到一块草场，很快便发现一片三叶草丛。萝卜兔迫不及待地将脸深深地埋进三叶草丛里，尽情吮吸三叶草上清凉的雨露，接着又吃了好多甘甜、鲜美的三叶草，感觉好了一些。尽管如此，萝卜兔浑身每一处关节和每一块肌肉依旧疼痛不已，每迈出一步，爪子就会疼一次，尾巴上的疼就更别提了！萝卜兔感觉自己正拖着一个又脏又沉的沙袋，让他的每一步都如此艰难。

此刻的萝卜兔已经迷失了方向，他以前可从未来过这儿，对他来说，这里完完全全就是一个陌生的地方。到底该怎么走才能回到家呢？萝卜兔感到十分彷徨无助。而且现在天空上也没有月亮和星星，根本没有办法辨明方向。天空漆黑一片，淅淅沥沥的小雨越下越大，眼看就要转为滂沱的大雨。萝卜兔没有办法，只好等到天亮再寻找回家的路。

萝卜兔设法穿过这片草场，匍匐前行到一片枝繁叶茂的灌木丛下。他想起红狐狸老弟曾趾高气扬地夸耀自己的尾巴如何有用，于是也试着弯起尾巴，裹住爪子，再将鼻子埋在其中来取暖，但如今这条尾巴既不柔软，也不蓬松，上面的毛掉得七七八八，整条尾巴又是泥又是水的，十分冰冷，根本无法保暖。更让他难过的是尾巴上还粘了不少谷仓院子里那些动物的粪便和其他废物，臭气熏天的，就是能把鼻子埋在里边，也根本不可能待得舒服。

萝卜兔做完祷告后，又加上一句：“如果我还能回去见到小矮人，天啊，请一定保佑我把原先的小尾巴换回来呀！我再也不想换其他动物的尾巴了。”说完，他就昏昏沉沉地睡着了。

第二天清晨，当萝卜兔醒来时，雨已经停了，一缕和煦的阳光照耀到他的身上，让他感到些许舒适。但是，因为昨晚的降雨所带来的寒气让他浑身变得十分僵硬，每动一下他都疼得不得了，禁不住开始呻吟起来。他又吃了一些三叶草，吮吸了很多清晨的露水，然后沿着灌木树篱慢吞吞地向前走。萝卜兔觉得如果一直让阳光照在自己的左侧，沿着这个方向走下去应该就能到家了。不过，他并不是很确信这个选择是否正确。

萝卜兔走着走着，来到一片森林。他停住了脚步，不知道该穿越森林还是绕着森林走。如果是以前，他从来不会去思考这些事情——随便挑一条路走就好了，可如今身后拖着这条糟糕透顶的尾巴，让他不得不变得谨慎起来。

最终，萝卜兔准备穿越这片森林。幸运的是，他刚进森林，就看到了一个高大而熟悉的身影。他认出那是红鹿大哥，一个住在山脚下小溪流对岸的旧相识。

突然，萝卜兔拖在身后的尾巴又被荆棘给缠住了，他实在已经累得无力挣扎了，只能用自己微弱的声音说："红鹿大哥，救救我！是我呀，我是萝卜兔弟弟呀！"

听到呼救声，红鹿大哥迅速掉转身子，小心翼翼地走近萝卜兔。"哎呀！哎呀！"看到萝卜兔，他有些惊讶地说，"看上去你的确是萝卜兔弟弟，但你身后拖着的奇怪东西又是什么呢？它看起来好像是条狐狸尾巴——但怎么变成这个惨样子了呀？”

“是的——它的确是条狐狸尾巴，”萝卜兔叹气道，“红鹿大哥，请帮帮忙，救我回家吧！”说完，萝卜兔就晕了过去。

萝卜兔清醒过来时，红鹿大哥正安安静静地卧在他的身边，前腿缩在自己的胸部下方，下巴正轻轻蠕动——嘴巴里正在反刍食物。看到萝卜兔弟弟醒来，红鹿大哥体贴入微地问他：“感觉好些了吧？”

“我——我不知道，”萝卜兔呜咽着说，“我觉得糟糕透了！真想马上就能回到家！”

“好吧！”红鹿大哥轻松地说，“想要回家，你现在这个样子可不行。首先，你得打起精神，看看能否将那条愚蠢的尾巴从荆棘中抽出来。然后，你要爬上我的背，趴到我的肩膀上，再把前爪搭在我的脖子上，将两条腿放在我的脖子两侧，尽量让自己坐得稳一些。放心，我会驮着你慢慢向前走的。现在就上来吧！”

于是，萝卜兔使出浑身上下最后的一点儿力气，一边痛苦地呻吟，一边死命地拉拽、扭动自己的尾巴。最后，伴随着一阵钻心刺骨的疼痛，萝卜兔的尾巴终于从荆棘中抽出来了，而尾巴上仅剩的那几撮狐狸毛差不多都挂在荆棘上，整条尾巴光秃秃的。接着，萝卜兔爬到红鹿大哥的脖子上坐好。

“不错！”红鹿大哥说，“作为一只小兔子，你做得已经非常棒了。现在抓牢我，咱们马上就要出发了！”

红鹿大哥小心翼翼地直起身子，然后慢悠悠地往前走。萝卜兔稳稳当当地骑在红鹿大哥的脖子上，一点儿不舒服的感觉都没有。事实上，随着红鹿大哥的步伐晃晃悠悠地向前移动，那感觉别提有多舒服啦！当他们从那片森林中走出来时，温暖的阳光将萝卜兔的身体都晒干了，肌肉的疼痛也有所减轻。萝卜兔觉得自己的状态好了一些，可以说说话了，于是便将自己换了各种奇怪尾巴的事情，以及被贵族打猎队追击的惊险故事，一五一十地讲给红鹿大哥听。

“要知道，我可是听说过不少蠢事，”红鹿大哥大笑着说，“不过你刚才说的那些，即便对于一只兔子而言，也可以算得上最蠢的事情了！你觉得自己的兔子尾巴有什么问题吗？按照身材比例来说，你看看我的尾巴，也没有比你原来的尾巴大上多少，但你从来没听我说过想要一条新尾巴吧？要是我在森林中奔跑的时候，能有一条马大叔的尾巴，甚至有条奶牛大婶的尾巴，岂不更为合适？嗯，有些人啊，就是不知道满

足——特别是兔子。”

“你说的没错，”萝卜兔表示认同，“我要是能在回家后重新换回自己的兔子尾巴，我就再也——再也不换其他尾巴了。”

“我相信你会这么做的！”红鹿大哥咯咯地笑了，“乌鸦们笑话你的那些话，我可都听见了。”

红鹿大哥加快了前进的步伐，不一会儿，萝卜兔终于看到了自己熟悉的地方。他们沿着长长的山路往下走去，溪流在阳光下反射出的粼粼波光出现在他们眼前。

当他们到达小溪边时，红鹿大哥对萝卜兔说：“我可以带你越过浅滩，但是我不会到河对岸去。那边近来出现了一些让人讨厌的狗，我可不想碰上这些家伙。你到了对岸，就自己往山上走，行吗？”

“好的，没问题，谢谢你啦！”萝卜兔答道，“我现在已经可以自己走路了。”

红鹿大哥优雅地蹚过浅滩，当快要到达河岸时，他弯下自己的脖子，让萝卜兔滑到河岸边。萝卜兔正准备感谢红鹿大哥，却发现他已经转身蹚过小溪了。当快到达河对岸时，他往上晃了晃小白旗似的漂亮尾巴，好像在和萝卜兔说再见似的。随后，红鹿大哥越走越远，逐渐消失在灌木丛中了。

萝卜兔羡慕得不得了，赞叹道：“哇！他的尾巴也没比我原来的兔子尾巴大上多少，却是那样轻巧灵活，真是太棒了！”接着，萝卜兔忍着疼痛，开始往灌木丛生的小山上跑去。而他那个毫无用处、无比邋遢、无精打采的狐狸尾巴，正耷拉在屁股后边隐隐作痛呢！

在听到萝卜兔微弱的敲门声后，小矮人开了门。但当开门后看到萝卜兔一副愁眉苦脸的样子后，小矮人连忙将萝卜兔请进家中。之后，他立刻将石头罐子放在火炉上加热，然后仔仔细细地看着萝卜兔。

小矮人不禁感叹道：“哎呀呀，哎呀呀！没想到这条尾巴竟会是这么多条中最差劲的一条啊！看你搞得如此糟糕就知道了。接下来我该做的第一件事情就是帮你摆脱身后这条尾巴——一个大累赘。然后你再喝碗热汤，赶紧好好睡上一大觉，多休息休息！现在快跳到桌子上来吧！”

但此刻的萝卜兔早已没有跳到桌子上的力气，只能由小矮人将他抱到桌子上。当小矮人忙得团团转时，萝卜兔用前爪捂住眼睛趴在桌上。他的爪子有些发烫，身体也在不住地发抖。“你发烧了啊！”小矮人边拿起石头罐子边说，“一会儿我会帮你治病的。”

萝卜兔又闻到那股熟悉的怪味儿，然后他渐渐感到尾巴不疼了，还感到身后拖着的重重的狐狸尾巴也消失了。过了一会儿，小矮人温柔地拍了一下他的背，然后喊道："搞定！和原来一样的兔子尾巴回来啦，甚至比以前的还要好呢！我相信这条兔子尾巴会比从前那条更受欢迎，我敢打赌！"

虽然浑身上下依旧酸疼，但萝卜兔已顾不上这些了。他竭尽全力伸长自己的脖子，使劲儿往后转自己的小脑袋，终于瞥到了他那一小撮旧旧的、棉花团似的尾巴，但是能够再次拥有自己的兔子尾巴，已经让他长长地舒了一口气，如释重负。接着，他便一头倒在桌子上睡着了。

萝卜兔隐约间感觉自己被抱起，然后被轻轻地放到床铺上。他感觉自己的头枕到了软绵绵的枕头上，还感觉身上盖了暖和的被子。但再后来的事情，他就什么也不知道了。

当萝卜兔再次醒来的时候，发现温暖的夕阳正透过小窗子照进房间，好像已经到了第二天的傍晚时分。萝卜兔非常小心地伸了伸自己的胳膊和腿，然后高兴地发现所有的疼痛和僵硬都已彻底消失。他终于彻底放松下来了。正在埋头看书的小矮人听到萝卜兔发出的动静，连忙抬起头来。

"太好啦！"小矮人说，"现在你感觉如何？应该好些了吧？想不想来喝碗热腾腾的豌豆汤呀？它闻起来可香了，怎么样？"

"真是太好啦！"萝卜兔一边喊，一边从床上跳起来。

萝卜兔的身体还是有些虚弱，显得有些摇摇晃晃的，不过总体感觉还是不错的。最令他满意的事情，莫过于他再也不用拖着那条重重的大尾巴了。他感觉自己恢复了往日的灵活自如——抬起自己的脚后跟，往上一跃便跳过了石头堆和灌木丛。这么说吧，小巧轻便的兔子尾巴让他找回了那种安心而幸福的感觉。

“我认为我的尾巴就是世界上最好的尾巴！”他开心地说。

“我想你的确拥有了一条最好的尾巴——对于一只小兔子来说，”小矮人爷爷开怀大笑起来，“现在坐下来喝汤吧！”萝卜兔将豌豆汤风卷残云般地吞进自己的肚子，然后心满意足地打了一个饱嗝。

小矮人继续说：“现在赶快回家吧！你的爸爸妈妈一定都在替你担惊受怕，担心你发生了什么危险呢！你知不知道自己已经有四个晚上没有回家啦？”

“哦，我的确不知道已经过了这么久，”萝卜兔老老实实地承认，“这些天的遭遇就像做了一场噩梦啊！”

接着，萝卜兔思考了一会儿，说：“不过，在我离开之前，如果你不介意的话，我还有一件事情想做。”

“请自便！”小矮人道。

萝卜兔将一张凳子搬到火炉前，然后爬了上去。他掀开炉子的盖子，盯着燃烧的木炭看了一会儿。紧接着，他将石头罐子拉了过来，直接扔进火炉里，并立即盖上炉子的盖子。刹那间，炉子里的火苗发出噼噼啪啪的声音，并从缝隙里冒出一股烟，最后火苗渐渐变小了。萝卜兔的一系列动作让整个房间弥漫着那股奇怪却不难闻的味道。

“好啦，就那样吧！”小矮人爷爷笑呵呵地说着，然后将门打开，“你终于明白了一个再简单不过的道理。不过，如果你再一次不喜欢自己的尾巴了，我可就无能为力了！”

“没问题，我不会再换尾巴啦！”萝卜兔出了门，回过头开开心心地喊道，“我自己的尾巴才最适合我自己！”

土拨鼠在路上大摇大摆地走着，萝卜兔轻盈地纵身一跳，便越过了他。

“哼！”土拨鼠不屑一顾地说，“有些人啊，从来都不知道满足。”

“我已经知道满足啦！”萝卜兔哈哈一笑，“我不应该胡乱羡慕别人，其实最适合我的一直就在身边！我不会再犯类似的错误了！”接着，他一溜烟冲进落日的余晖中，朝着家的方向飞奔而去。